가을 보법

가을 보법

초판 발행 | 2015 년 9월 15일

지은이 | 김세환
펴낸이 | 신중현
펴낸곳 | 도서출판 학이사
　　　　출판등록 : 제25100-2005-28호
　　　　주소 : 대구광역시 달서구 문화회관11안길 22-1(장동)
　　　　전화 : (053) 554~3431,3432
　　　　팩스 : (053) 554~3433
　　　　홈페이지 : http : // www.학이사.kr
　　　　이메일:hes3431@naver.com

ISBN _ 979-11-5854-007-4　03810

가을 보법

김세환 시조집

學而思 | 학이사

가을은
내 인연의 빛깔이다.

가을은 나에게
낮춤과 비움을 가르쳤지만
목마른 땅에 단비 되지 못했고
오십 년 시조공부에
쓸 만한 작품 한 편 없이
고집스런
내 색깔만 지켰다.

돌아볼 나이에
여섯 번째 서툰 중얼거림으로
다비하는
가을에 들다.

2015. 가을에
김세환

차 례

시인의 말

1_등대에게 안부를 묻다

2_가을 그림

3_가을 보법

4 _ 신을 닦으며

5_복사꽃 환한 봄날

1

등대에게 안부를 묻다

등대에게 안부를 묻다

멀리 산을 밀어낸 고향 같은 *갑향리에 와서
푸른 하늘 향해 풀어놓은 품속으로
밤마다
별이 내린다는
한 그림 속에 들다.

봄빛이 돋아나는 작은 돌문 앞에
새긴 이름 쓸어보면 쑥물처럼 묻어나는
아기방 자장가로 듣던
파도소리 들리고

젖은 꿈길마다 뒤척이던 바다로 나가
분노도 다독이는 속 깊은 울음이 된
바람의
그리운 섬 하나
등대에게 안부를 묻다.

* 갑향리 - 전남 담양군에 있는 마을

*수북 마을에서 · 1

차 끓일 시간의 거리 어머니 모셔두고
차 마실 시간의 거리 텃밭 하나 가꾸면서
그리운 사람을 위해
꽃보다 먼저 피어난다.

액자 속 그림 같은 창문을 활짝 열면
고추밭 이랑 너머 다가서는 무성한 대밭
연둣빛 댓바람 소리 태교胎教처럼 들으며

해마다 토담 아래 다정한 꽃씨를 뿌려
자줏빛 도라지꽃 화장기 없는 백목련
펼쳐둔
팔호八號 봄 마당에
시새움이 한창이다.

* 담양군 수북면에 있는 마을이며 아우 이성태 화가의 텃밭이 있다.

수북 마을에서 · 2

자르면

아려오는

소중한 들꽃 속에

착한 손끝으로

눈물도 솎아내는

그대는

물빛이 고운

잔잔한

넓은 바다.

항구港口

간절히 혼불 밝힌 등대 하나 세워놓고
오랜 기다림이
외롭지 않다 해도
파도에 젖은 가슴은 퍼렇게 멍들었다.

심해에서 막 건져 올린 은빛 갈치 같은
유난히 번뜩이는
깊은 눈빛 속에
피곤한 바다를 위한 노래가 출렁이고

낡은 폐선 한 척 입항을 허락한 밤
함께 마셔대는
텁텁한 막걸리에
그대의 신선한 언어들이 활어처럼 퍼덕인다.

* 항구 - 김기만 시인

그리운 섬

젖은 숨비소리 칼바람 잠재우고

그냥 바라만 봐도 뼛속 깊이 아려오는

먼 뱃길 홀로 지켜온 파도 너머

그리운 섬

목마른 소식들이 만선 깃발로 뜬 날

거친 풍랑 속의 기다림도 외롭지 않아

조국의 마지막 등대 불 밝히는

이어도.

바다에 가고 싶다

바다가 그리울 땐 대숲 깊이 들어 보라.

마음 가는 곳에 생각도 내려놓으면

자잘한 바람이 모는

파도소리 그 짠맛

온 몸 휘둘려도 서로의 목숨이 되어

서걱이는 댓잎소리 눈 감고 귀 기울이면

탁 트인 득음의 소리

깊이 들을 수 있다.

그 바다에 와서 · 1

그냥 바라만 보는
작은 섬이기 위해

남으로 가는 차편 밑줄 긋다 놓친 몇 해

서둘러
그 바다에 와서
젖은 음성 듣는다.

물안개 피어나는
수묵 한 점 건지려다

밀려드는 거친 인사에 아직도 어색해 하는

새벽길
그 바다에 와서
울컥 멀미가 난다.

그 바다에 와서 · 2

바다가 늘 그리운 키 작은 들꽃처럼
빨간 등대가 있는 먼 항구와 마주서면

그만한
외로움이 피는
흔들리는 작은 섬.

채워도 차지 않는 출렁이던 시간들이
해풍의 짠맛이 밴 소주 몇 잔에 차고

목마른
그 바다에 와서
절은 속 비우는 밤.

바람, 도곡에 들다

힘겨운 굽이마다 고향 풀빛이 짙은

편한 숲 한 자락
선뜻 내어주시던

어머니
마른 눈물 속
그리움에 젖던 사람.

명치 끝 꿈이 자란 유년의 외가 뒤뜰

대숲 깊이 서걱이던
결 고운 그날의 바람

도곡리
산자락에 들어
맑은 물소리에 젖다.

영릉에서

돌아볼 나이쯤에 무릎 꿇고 문안드린
산새 잇소리 고운 맑은 영릉에서
무거운 *엄소리 들으며
종아리를 맞는다.

뜨거운 백성의 사랑 곤룡포에 옥루 적시던
누구나 쓰기 편한 위대한 스물여덟 자
오늘도 중얼거려보는
*입술 가비야본 소리.

한 시대 입은 성은聖恩 목숨처럼 간직해온
벼리는 시어詩語마다 크신 뜻 돋아나면
나랏님
낭랑한 말씀
다시 들을 수 있네.

* 엄소리(어금니 소리)-어금니가 있는 깊은 곳에서 터져 나오는
  소리(ㄱ, ㅋ)
* 입술 가비야본소리(입술 가벼운 소리)-입술을 가볍게 해서 내
  는 소리(ㅸ ㅱ)

종소리
- 나옹스님의 석종

그것은 알 수 없는 스쳐 지난 바람
천 년이나 흐른 후 인연의 끝자락에

조용히 무념에 드신
님을 다시 만나다.

간절한 발원으로 비천상 석등 밝혀

무거운 종소리
온몸으로 받아내는

키 작은
받침돌 되어
남을 수 없는 걸까

팽목항 노란 바람이여
- 세월호 참사에 희생된 단원고 아이들에게

친구들과 함께 떠난 들뜬 수학여행길
첫 장의 여행일지 한 줄도 쓰지 못하고

어둠 속 차오는 숨결
서로 나눈 아이들.

간절한 기다림에 울음이 붉게 타면
밤바다 깊이 잠든 착한 눈물들이

팽목항 노란 슬픔 흔드는
젖은 바람이 된다.

꿈마저 삼켜버린 불신의 거친 파도
수없이 되풀이된 부끄러운 이 땅에서

더 이상 건넬 수 없는
미안하다 이 한마디.

방천시장 · 1

부지런한 가창 할매 풀어놓은 보따리에
채소 몇 단 찬이슬이
눈물처럼 반짝이는

싱싱한 새벽 시장거리 후한 인심 덤이더니

후미져도 낯익어 편한 좁은 골목마다
바람 앞에 콜록대는
낡은 흑백사진 몇 장

아직도 반가운 얼굴 그리움에 펄럭이고

찌든 삶이 묻어나는 오가는 흥정 속에
돋는 땀방울마다
피곤이 물들어도

허기진 저녁시장길 활어처럼 퍼덕인다.

방천시장 · 2
- 서른 즈음

휘청거린 젊은 날의 시 몇 줄 안겨오던
파장 무렵 핏발서던 반백으로 남은 외침

난전의 호박전 한 판
먼 허기도 불러오고.

바람길 빗장 걸던 떡집을 지나서면
유년의 장타령 안고 서른 즈음 떠난 가인

카랑한 그날의 노래
속 깊이 꽃물 든다.

이명耳鳴

귀가 종일 운다.
밤이면 더 심하게 운다.

오늘도 들려오는 철 지난 매미의 울음
속 깊이 찾아들어와 무작정 울고 있다.

어머니 귓속에 숨어
총명을 갉아먹더니

제 속 풀어내며 내 속 뒤집어 놓고
어느 새 허우적대다 빠져드는 깊은 미궁迷宮.

어쩌다 바쁜 하루
생각도 놓아버린 날

울음은 일상의 흔한 작은 소리일 뿐
더러는 묻어둔 내 울음 마음껏 즐길 일이다.

반시盤枾

한 번 뿌리 내려
부지런한 땀으로 가꾼

타고난 천성이라
이 땅 지킨 곧은 뼈대

베물면
입 안 가득한
너그러운 이 단맛.

맑고 착한 청도 사람
속없는 심성도 닮아

저 옥색 물빛 아래
어울릴 수밖에 없어

더 높이
하늘에 올리는
간절한 소신공양.

계절은 오가며 피고

동해 풀리던 날 반목의 문 활짝 열리고
눈 덮인 초행길도 낯익은 우리의 산하
차 한 잔 시간의 거리 너무 쉽게 오갔는데.

또다시 가로 막혀 부치지 못한 편지
한라에서 띄운 봄소식 백두에서 단풍으로 오는
흰옷의 한 핏줄이란 가슴 깊이 뜨거운 것.

날 선 긴장으로 불신만 키울 수 없다.
민족이 하나 되어 항일하던 마음이면
핏발 선 초병의 눈 속에 봄꽃 다시 피겠지.

넘치지 말라
- 임춘

애증의 굽잇길도 풀어가는 묘약이지만
편한 자리만큼 쉽게 넘치는 법

한 잔 술
은혜로 빚었으니
두 손으로 받들라.

둥근 모양 돌고 돌아 두루두루 요긴한 것
물길 막고 욕심 부리면 모두 잃게 되느니

돈 한 닢
양면의 진리
이야기로 이르셨네.

2

가을 그림

꽃의 조롱

그대 정녕 꽃이라면
참으로 알 수 없는 일

한여름 긴 목마름도 까맣게 태워 놓고
시치미 뚝 떼고 앉아 물방울만 튀긴다.

이맘땐 이른 새벽
엽서 한 장 띄우더니

낯선 눈빛하며 게으른 저 발돋움
태연한 믿음의 변종 어깨춤이 서툴다.

우리가 가꾼 텃밭
불신을 심었대도

들여 보며 글썽이는 기다림은 시들지 않아
오늘 밤 이슬 내리면 웃음 환할 민얼굴.

들꽃

어머니 가슴 위의

환한 들꽃마다

아직도 수줍게 핀

보랏빛 젖은 말씀

속잎엔

아직 버리지 못한

깁고 기운

하얀 적삼.

어느 봄날에

세상 봄꽃들이 무척 그리웠나 보다

벅찬 그날까진 사랑 더 필요한데

서둘러

봄밤에 내려온

아름다운 작은 별

심한 낯가림으로 실눈 아직 뜨지 못해

작은 모자 눌러쓰고 가쁜 숨 할딱이며

한 올씩

소중한 봄 꿈

엮어가는 아가야.

어리연 피던 날

못 떠난 사람을 위해

묵향 짙은 매화가 피고

분노를 다독이는

겨울 바다로 출렁이다가

흰 여백

숨죽여 기다리던

어리연이 피던 날*.

* 화가 이성태 그림

가을 그림

착한 눈빛으로 서로 은애하였기에

넉넉한 웃음으로 가슴 여는 구월의 하늘

풀어 둔
쪽빛으로 그려
띄워 보낸
그림 한 장.

자칫 지워질까 그냥 바라만 봐도

아슴아슴 피어나는 풋풋한 풀꽃 향기

흑수정
맑은 물결 속에
가을 꿈이 영근다.

속된 눈으로는 금방 때가 낄 듯

아직 속살 환한 엷은 고요가 들고

조그만
바람이 와도
깨어나는
가을빛

모란은 다시 피고

오랜 기다림의 타는 목마름도
날 선 모진 칼날 앞에 드리운 순교의 목숨

툭 잘린
찬란한 봄날
한 방울 눈물이었네.

이제 막 실눈 뜬 채 그냥 팽개쳐진
속 깊이 여며왔던 도도한 순백의 꿈

소중히 거두어온 날
잔기침이 심하더니

너와 나 짚어보면 미열 같은 연緣의 자락
못 지킨 이승의 약속 간절한 기도일까

저것 봐
이른 새벽 창가
저리도 고운 개화.

찻잔

그냥

바라만 봐도

풀꽃 하나 피어난다.

끓는 물

어디쯤에서

아직도 풀어내는

갓 스물

꽃물 흠뻑 밴

그날의

풋풋한 향기.

아름다운 날에

매번 오를 때마다
숨 가쁜 내 걸음보다
느린 보법으로도 계절이 먼저 와 있던

먼 바다 가슴에 차오는 시원한 산마루에

풀잎의 말 들려오는
열린 하늘길 따라
슬픈 눈빛들이 이별을 준비하며

서둘지 않아도 좋은 마지막 오른 오늘.

바람에 흩어져 간
내 육신 작은 알알이
산새들 넉넉한 한 끼 맑은 울음이 되고

눈부신 아름다운 날 꽃으로나 피어라.

수수꽃다리

내 누이 먼 길 떠난 후
그 슬픔 꺾어 심어
눈 못 감아 돋아나는
여린 잔가지엔
해마다 향기 가득히 찾아오던 봄의 너.

가끔 꿈길로 오던
멀어진 너와의 거리
묘비명 희미해도
그리움은 문신으로 남아
옛집 뜰 지킴이로 앉아도 계절은 생손을 앓네.

꽃비로 뚝-뚝 지는
어느 하얀 오월
젖은 가슴 깊이
다시 품어 돌아온 날
빛 좋은 창가에 두고 못다 한 말 밤이 짧다.

감

떠난 고향 빈 하늘

높이 걸린 그림 속엔

망각으로 검게 타 버린

내 어미

기억의 톨

마지막

보시로 남은

속씨 까만

까치밥.

노란 슬픔

하늘이 무너지는 절박한 그날 이후

차가운 노란 슬픔 바람개비 돌리는 밤

아직도 젖어오거든
눈물 한 잔 남겨라.

어차피 피할 수 없는 좁은 길이라도

그리움 뼈를 깎으며
그래도 웃으며 가자

민들레
깃발로 돋는 날

나눠 마실
눈물 한 잔.

부엉이별

별 하나 풀숲에 내려 이슬 먹던 풀잎이더니

이따금 들려오던 울음이 너무 아파

신새벽 힘찬 나래짓하며 부엉이로 날아간 별.

수삼 일 지나간 후 숲 속으로 별 내리는 날

그리운 가슴 열고 가만 귀 기울이면

귀 익은 공허한 울음 시방 들을 수 있네.

성못길

아직도 여유로운 빛살 두르고 있는

늦가을 술렁이는 산자락 한골마을

아버님 잔기침 소리에

억새풀 꺾이더니

묵언의 깊은 가르침 아직 풀지 못한

십수 년 어리석은 무지의 이 송구함

보랏빛 작은 꽃들이

모자를 벗고 선다.

착한 나무

- 노엘라에게

바람이 지나간 후

몸 떨며 지킨 속잎

흔들리며 핀 꽃잎마다 착한 눈빛이 자라

가뭄에 목마르지 않는 그리움으로 서다.

그냥 바라만 봐도

하늘이 내리는 날

비 흠뻑 적셔도 보고 눈꽃 핀 나무가 되어

소중한 꽃씨 내리며 그렇게 사는 것을.

베드로 마리아 수사修士

그래서 그랬었구나.
어릴 적 해맑은 눈

인연의 끈으로도
끝내 막지 못한

더 아린 아픔 안으며
간절한 눈물의 기도.

어둡고 잊혀가는
낮은 곳 어디서나

피맺힌 외침 속에
목마름 함께 나눈

소중한 한 알의 밀알로도
능히 빚는
참사랑.

눈을 맞으며

화목火木이면 그나마 족할
하찮은 이 남루로

어둠을 휘몰아치는
눈보라에 마주 선다.

간절히 설목雪木으로 굳어 피워내는 꽃송이.

쌓인 무게로 하여
늑골이 심장을 찔러

잦아지는 모진 목숨
기꺼이 설경에 들어

순백의 화폭을 스친 빗금으로 좋은 날.

봄꽃 피던 날

봄빛
서성이는
아침
창문을 열면

아슴한
향기로 오는
아린
그날의 꽃

흰머리
봄빛 다듬는
속잎 하나
젖는다.

가을에는

가을엔
늘 그랬다.
그냥 떠나고 싶다고

아내의 간절한 뜻
귀찮게 듣던 그 말

허전한
백수의 오늘도
흘러드는 공염불.

사는 방법 서로 달라
윷판 위 되돌아와

없던 자존심 세워
서로 원망만 하다

기 싸움
홧김에 마신 술
온통 단풍 천지네.

3

가을 보법

허리 곧은 나무
- 가을 보법 · 1

감꽃 냄새나던 착한 그대의 계절
향기를 잃어버린 목마른 나무로 서서

한 방울 진액마저 다 빨린
허리 곧은 저 자존.

순종의 무릎 꿇고 슬픔으로 꿈틀대다
절망의 순간에도 저주를 받아내는

가련한 영혼을 위한
그 눈물 아름다워라.

밤새 내린 비로 어둠이 무너진 아침
바람의 솜털 같은 어리연을 지켜보는

핏발 선 젖은 눈 속에도
하얀 꽃이 피나 보다.

햅쌀
- 가을 보법 · 2

가을 길 서둘러 온 낯익은 그 이름만으로
목마른 그리움이 흠뻑 풀빛에 젖다.

봄바람 홀씨로 날아간 너
무척 힘거웠나 보다.

시간을 박음질한 마대麻袋를 뜯어내면
낡은 내 치부책 속의 아직도 젖어있는

키 작은 들꽃들이 보낸
풋풋한 그날의 향기.

남은 생각 걸러내고 몸 낮춰 맛으로 익은
송구한 찰진 밥상 마주하는 이 아침도

안성리* 윤 씨尹氏 어른 기침 소리
죽비처럼 듣는다.

  * 경남 합천군 묘산면에 있는 마을이며 윤진옥 시인의 고향

가을을 읽다
- 가을 보법 · 3

뼈까지 다 발라주고 영혼마저 보시하는
수성도서관 숲길 속 처절한 저 아름다움

해묵은 책장을 넘기면
커피 냄새가 난다.

아직 준비 못한 그리 길지 않은 시간
미열 같은 가을빛에 순종을 배우고 있다.

전생의 하얀 복사뼈 위
초발심을 새기며.

잔혹한 점령군처럼 다그치는 저 포크레인
또 다른 풍경 위해 서둘러 지우고 있다.

피맺힌 절규도 없이
순교하는 이 가을.

어머니의 단감
- 가을 보법 · 4

속속들이 단물 들어 풍경으로 익어가는
그날에도 화색 좋던 어머니 나들잇길

아버지 무덤 앞에 앉아
끝내 못 푼 망각의 끈.

아직 지워지지 않은 어릴 적 감밭에서
한 알 한 알 따 내리며 피어난 해맑은 웃음

억새풀 속살로 우는
산은 아직 목이 타고

훌쩍 커버린 나무 노을이 무거운데
까치밥 남겨두고 소중한 은혜로 거둬

은쟁반 가득 담아 올리는
아내도 가을이네.

아직 그곳에는
- 가을 보법 · 5

말끔히 새 명찰 단 도서관 앞마당엔
남은 뼈대 깁스한
크고 작은 나무들이
어색한 몸짓으로 서서 자꾸 낯을 가린다.

목마른 햇살 아래 먼 길 실려 온 후
지친 내 육신보다
더 지친 영혼들 위해
허전한 눈빛만 남은 빈 가슴 내어주느니.

떠난 내 자식처럼 쫓겨난 새들 궁금하여
흐린 시선으로
일상을 둘러보면
앉았던 배롱나무 끝에 분노만 타고 있다.

가을 한 점
- 가을 보법 · 6

가진 것 다 내주고도
언제나
타는 목마름

서둘러 떠나가는
또 다른 서툰 변명

힘겨운
연緣의 끝자락에
바람이 그린
단청丹靑.

무청 시래기
- 가을 보법 · 7

파란 숨 아직 남은
그 무게 감당하며

만집 지켜오던 못 박인 드는 솜씨로

손 시린 입동 무렵 오후
무청을 엮고 있다.

서릿발 카랑해도
소중한 자리 지켜

하늘 한번 섬긴 죄 진정 행복했거늘

날이 선 거친 바람결
목마름에 시드나니.

물색 고운 청명한 빛

속정 깊이 묻어두고

해거름 긴 그림자로 처연히 드리워져도

마지막
진국 우러날
도도한 그대 향기.

창문을 닦으면
- 가을 보법 · 8

하얀 수건 한 번 그냥 스쳐만 가도
켜켜이 스며든 찌든 시간들이
어머니 삼킨 눈물처럼 까맣게 묻어난다.

쌓인 피로 속에 흔한 일상이 되어
성에꽃 핏물 든 날 이름 석 자 지워가듯
찾아온 계절의 흔적마저 모질게 지웠을 터.

늘 그런 줄만 알았던 어둡고 창백한 얼굴
서툰 손끝으로 한 겹씩 벗겨내면
창 너머 넉넉한 웃음도 익어가는 이 가을.

주름 잡혀도 고운 은발이 찬란하고
엷은 햇살 속에 그리움이 투명한 날
정머리 다 떨어지던 그 잔소리 듣고 싶다.

가을 다비

- 가을 보법 · 9

내어준 외길 따라 몸 낮추어 오르는

입동 무렵 가을 산은 아직도 무성한 불길

수만의 꽃불로 지는 저리도 고운 다비茶毘

뼛속까지 발라주던 혼불마저 다 태우고

초라한 내 오만도 부시시 타고나면

허전한 가지 끝에 매달린 바람이 내민 악수.

또 다른 생명 위해 스스로 불사르며

스러지는 잔불 속의 작은 불씨처럼

하산길 초심으로 얻은 소중한 시 한 구절.

빈 들
- 가을 보법 · 10

이맘때 나무들이 수런수런 옷을 벗는

형용사 가을 깊이
가끔 빈혈이 오고

송구한 바람이 먼저
건네는 수화 인사.

조용한 슬픔들로 가득한 빈 들에는

서로 다른 언어들이
맨몸으로 부대끼다

소중한 의미로 남겨진
짙은 눈빛이 산다.

가을 산
- 가을 보법 · 11

누구나 옷깃 여미며
고개 숙여 오르는 곳

아직 누굴 위한
눈물이지 못했는데

취토록
눈의 즐거움
누려 봐도 되는가.

마음 다 내려놓아야
열리는 좁은 고샅길

불살라 순교하는
가을 산 무릎 아래

남루한 자존을 찢어
바람 한점 매단다.

회색지대
- 가을 보법 · 12

날 선 솔잎마다 바람이 카랑한 날
철거 통보도 없이 어느 날 강제 추방된
비둘기 산달 앞두고 어디에서 몸을 풀까.

짐이 된 세월을 지고 무관심에 밀려나와
공원 엷은 햇살 아래 숨결마저 메말리던
어르신 긴 그림자 하나 편히 세울 곳 없다.

폐점 외상장부처럼 실어증 앓고 있는
소주 한 잔 중독 속의 비틀대는 이 하루도
남루한 영혼을 위해 묵상하는 가로수.

순교하는 나무
- 가을 보법 · 13

바람이 부는 날엔 언제나 거기 서서
사철 내내 그 자리에 가슴이 터지도록

온 몸의 감각을 열고
목마름을 마신다.

애증을 접어 가듯 잔가지 꺾여가고
거친 천식으로 껍질 속 공명이 깊어

메마른 밤하늘 보며
우울증을 앓지만.

칼날 휘두르며 돌진하는 그날마다
기꺼이 분노 앞에 하얀 목 드리우나니

바람은 아직 모른다.
왜 맨몸으로 서는지를.

달빛 한 잔
- 가을 보법 · 14

별난 인연의 끝자락 풀꽃으로 엉켜 자라도

어둠 속 잠겨들던 파아란 함성들이

동인동
그 골목길엔 아직
목쉰 바람으로 살고

힘겨운 날갯짓하며 해거름에 모여 앉아

서둘러 먼 길 떠난 착한 영혼을 위해

늦가을
찬 눈물이 담긴
달빛 한 잔 마신다.

처서 무렵
- 가을 보법 · 15

용궁을 빠져나온 별주부 지혜도 없이

뜨거운 햇살 아래 내다 말린 새까만 간

지금껏 허욕에 절어 감당 못한 그 무게 .

영근 대추 알알이 단물 드는 처서 무렵

쓴맛도 바람 끝에 꾸덕꾸덕 굳어지면

마지막 하늘에 올릴 부끄러운 건포 한 닢.

꽃비 맞으며
- 가을 보법 · 16

열여섯 사랑을 향한
맑은 영혼 살고 있는

초록 방 시간 속에
그대 다시 만나는 날

팔 벌려 뒤뜰에 서면
그날의 꽃비가 온다.

정돈된 책장 가득
꽂힌 책갈피 속에

멈춘 둔탁한 시계
로테를 데려오는

박제된 순백의 사랑
그리움의 시장기.

　　　　(괴테 하우스에서)

4

신을 닦으며

부채

- 摺疊扇접첩선

접고 또 접은 속내
한 겹 한 겹 열어보면

바람에 그은 선 따라
아슴아슴 피는 향기

오뉴월 무심으로 앉아
옷자락만 흔든다.

눈 감고 척 펼쳐도
흔들림의 깊이를 알아

살 끝에 바람이 오고
바람 끝에 살 끝이 휘는

기꺼이 온 몸을 맡겨야
서늘한 바람이 된다.

다듬이 소리

입춘 지나 괜한 잠투정 긴 밤을 뒤척이다
문득 귀에 익은
고요를 다듬는 소리

머리맡 편한 장단으로 꿈길 누벼 주시던

소스라쳐 깨어나면 아침이 먼 베란다
성급한 꽃가지에
꽃들이 반웃음인데

지난 날 곱던 솜씨로 봄꿈을 지으셨나.

외진 곳 밀려났어도 편한 팔베개처럼
가위 눌린 모진
잠결 흔들어 깨우시듯

찬 새벽 잠든 꽃들을 또 깨우셨나 보다.

발칙한

그 성정 미처 몰랐다.
잔인한 계절인 줄

환한 웃음으로 아직 날 기억하시던

백한 살 고모할머니
봄빛도 빼앗아간.

캘린더 한 모서리 발돋움이 안쓰럽더니

오수午睡에 스며들어
코털을 간질이다

고사枯死된
내 춘정春情 건드리는

발칙한 계절 4월.

신을 닦으며·1

지독히 한가한 날 내 구두를 닦는다.

이른 아침 피곤을 털며 아내가 닦아놓던

여러 번 밑창 갈고 꿰맨 구린내 나는 구두.

더러 쉬어가는 그런 호사 누린 적 없이

애당초 기약 없는 외롭고 힘겨운 길

기꺼이 온 몸 내던져 언제나 편안했느니.

실밥 터진 맨살 사이로 아직 햇살이 스민

나보다 더 늙었어도 나보다 더 애착이 가는

인연의 끝자락 잡고 숨 고르는 남루의 정.

신을 닦으며·2

아직 서툰 솜씨로 아내의 신을 닦는다.
긴 세월 접어두었던 꽃물 든 가슴 열고

화창한
꽃비 내리는 봄 길
마음껏 걸으시라고.

허기 한 번 채우지 못한 순종의 별난 천성
가난을 털어내듯 내 구두를 닦던 사람

스스로 갇혀 살아온
그 삶의
무지외반증拇指外反症.

언제나 출근길에 공손했던 배웅처럼
즐거운 나들이에 가지런한 웃음으로

남은 날
나도 그대 위한
편한 신이고 싶다.

신을 닦으며 · 3

거친 생존 내달려온 아들의 신을 닦는다.
제 속 문드러지듯 속 구린 낡은 운동화

한 번도 씻어주지 못한
착한 발 감싸고 있는.

까치발 딛고 서던 경이로운 감사에서
돌다리 건너는 전율 애써 외면만 했던

숨겨온 미안한 마음
먼지처럼 털어낸다.

무동 타고 건너던 길 외롭게 걸어야 할
힘겨운 먼 여정 자만도 졸라매고

아들아
두려워 마라.
흘린 땀 축복이란다.

하얀 코고무신

어느 해부터인가 할아버지 제상祭床 아래 곱게 닦은 흰 코
고무신 넌지시 놓으시던

열일곱 은애恩愛한 그날 상사화相思花로 핀 할머니.

곁눈 한 번 주지 않던 대쪽 같은 성미라도 초례청 굳은 언
약 속정 깊이 새기신 분

손 시린 동짓달 초하루 초야처럼 설레는 밤.

해후에서

다 낡은 흑백사진

아직도 꽃물이 든다.

바람은
그리움 삭혀

자꾸 목이 타는데

켜켜이

재워 쌓인 말

또 도지는

실어증.

새집에서

떠나신 흔적마저
서둘러 지우듯이

이사 온 작은 아파트
그리움만 수만 평.

찬바람 새어들지 않아 봄날 같은 이 겨울.

어머니 망각의 뜰
마음껏 거니시고

아버지 약주 한 잔에
밤 더뎌도 좋을 것을.

덩그런 거실 액자 속 햇살처럼 웃으신다.

바람도 접어
- 김태연 紙花展에서

무심의 손끝으로

바람 한 번 접으면

봄은 아직 먼 뜰

꽃들은 깨어나고

뜨거운

남은 피 한 방울

적서 피는

홍매화.

황국

- 효천 현순영 전시회에서

서릿발 카랑한 날 풀어놓은 묵향 속에

곧은 붓끝 따라
피어나는 꽃잎 꽃잎

묻어둔
깊은 속살 열리면
현기증 도는 향기

소중한 생명들이 벅찬 숨 고르는데

은근한 꽃물이 든
생각도 내려놓고

차 한잔
마주하며 피는
그대 진정 꽃이네.

벌목伐木

무너지는 하늘 앞에 너무도 나약했던
감당 못한 슬픔 깊이
심어놓은 잣나무
무성한 빛살 속에 감춘 눈물도 푸르더니

깊은 잠 깨어나시어
그대 떠나시는 날
몇 날을 곱게 벼린 서슬 푸른 낫을 잡아
웃자란
허욕의 목을 댕강 댕강 자르다.

땔감이나 될 성 싶어 버려둔 하산 길에
문득 앞서 걸어가는
몸통뿐인 내 그림자

산매화
치열 고른 웃음이
흐드러진 한골마실.

상동역 · 봄

살구꽃 꽃비 맞으며 터널을 빠져나와

접도 철교 위에 기적汽笛 한 번 토해내면

오일장 바쁜 마음들은 벌써 철길 위를 달린다.

하루 두 번 쉬어가는 목이 긴 기다림에도

넉넉한 가슴 여는 청보리 푸른 바람

꽃단장 슬픔을 가려 신행新行가던 그날처럼.

상동역 · 여름

매미 소리 그늘에 드는 시골역 좁은 광장엔

열차가 내려놓은

아우성만 가득한데

늦도록 밤을 빼앗겨 뒤척이던 금산마을.

초저녁 바람이 좋은 넓은 승강장에

풀빛 고운 버드나무

신열을 짚어보면

지나간 내 어리석음이 밤차처럼 다가온다.

상동역 · 가을

철길 가로수는 늘 그리움에 젖어 있다.

대처로 떠나가는 슬픈 눈빛들이

다 낡은 이정표로 남아

가을로 익는 것을.

이맘땐 기적소리 들길로 잠겨들어

벼 이삭 물이 들고 밤송이 몸을 풀면

빈지수

맑은 물 속엔

전설 같은

은어가 산다.

상동역·겨울

오랜 기다림에
하늘이 무너진 날

고향길 설렘만이 빈 대합실 서성이면

철길 위
떠난 그리움들이
눈꽃으로 내리고

심하게 낯가림하는
새 명찰 단 '상동역'

눈발 치는 역 광장에 허리 곧은 설목雪木처럼

이승의
남루 싣고 떠날
막차를 기다린다.

첫눈 오는 날

어디서 무얼 하며

어떻게 살았는지.

눈썹 가려운 날

그게 뭐 중요하냐.

바람에

홀씨로 날아온

봄날 같은

이 해후.

봄 눈

빈들에

찾아와서

꽃가지만 깨우더니

곱게

아문 자리

실밥 툭 터지는 소리

언제나

늘 그랬었지.

낙화, 그날 이후로

5

복사꽃 환한 봄날

복사꽃 환한 봄날
- 서춘향 할머니 나들기

1
꽃들이 피는 창가 봄볕이 참 좋은 날
아침 거울을 보듯 서로를 바라보면

꽃단장 곱던 얼굴에도
피어나는
저승꽃.

2
서로 마주보며 서로를 잊어가고
이따금 불러주는 어색해진 이름 석 자

움켜진
기억의 끝자락
꿈길에도 맴돈다.

3

살아도 산 것이 아닌 죽어야 살 수 있는
내 목숨 내 뜻마저 침상 위에 널브러져

어두운 죽음보다 더한
외로움의
고려장高麗葬.

4

지난 밤 먼저 떠나 온기 아직 남은 자리
얼핏 평화로운 내 주검을 바라본다.

이 아침
성자처럼 묵상하는
찾아온 햇살 몇 점 .

5
찾아온 아이들이 서둘러 돌아간 뒤
어제보다 더한 허전함
또 다른 동굴을 판다.

마지막
남은 그리움
다 태우며 울어야 할.

6
자고 나면 죽어있는
기억의 파편들이

환한 빛살 아래 비듬처럼 떨어져 있는

오늘은
나비가 될까
어깨춤이 가볍다.

7
수없이 뼈를 깎는
그리움은 멍이 들어도
만남의 피 말리는 차 한 잔 마실 시간

이제는
손 놓아야 할
이승의 이별연습.

8
사슬 없는 가벼운 몸 언제든 자유롭고

개폐식 자동문은 언제나 열렸어도

두고 온
풀빛 속으로
나는 혼자 갈 수 없다.

9

새털처럼 가뿐해진 상쾌한 오늘 아침

집으로 되돌아가
꽃밭에 물주고 싶다.

찾아온 아이들 눈치 앞에

또 무너지는 귀향길.

10

육신의 무게보다
번뇌가 더 무겁다던

며칠 전 아들 손잡고 집으로 떠난 이웃

서러운 눈물 감추어도
진종일 비는 내리고.

11
몇 날을 찬 복도에서
목 빼고 서성이다
번번이 거부당한
피 말리는 그리움

손 꼭 쥔
낡은 쪽지엔
01* - 72** - ****.

12
낡은 내 육신의 몸값
과연 얼마나 될까.

고마운 천사들이 소중히 관리하는
내 목숨
바코드 찾아 이제
그만 지우고 싶다.

13

새털처럼 가벼워진 육신의 가슴 위로

천 근으로 내려앉는
지친 하루의 무게

두꺼운 비닐 창가엔
봄이 아직 먼가 보다.

14

희미한 창 너머 바람 천식이 깊은데

거미의 투망에 걸려 파닥이는 나비되어

몇 번씩
악몽을 꾸며
지친 날개 퍼덕일 뿐.

15
찾아오는 아이들의 지친 미소를 보며

공연한 기다림이
무거운 짐이란 것

못 떠난 이승의 집착
또 용서를 배운다.

16
예고 없이 파고드는
육신의 모진 형벌

남은 이승의 불꽃
너울마저 태웠어도

아늑한 기억을 긷는
마르지 않은 눈물.

17

차례상茶禮床 차리지 못해 송구한 한가위 아침

외로움 깊이 찌든 엉성한 이빨 사이

넉넉한
보름달로 빚은
송편 하나 물린다.

18

불면에 지친 아침
창밖엔 희미한 난무

한순간 조여드는
불안한 가장자리

아이들 오지 못하게 폭설이나 내려라.

19
얼핏 창문에 비친
그림자도 늙나 보다.

백발은 헝클어지고 어둠이 깊은 눈매

모든 것 다 내려놓고 이대로 잠들고 싶다.

20
인연의 마당 쓸며 내 진정 행복했나니.

먼 길 함께 걸어온 헤진 육신 훌훌 벗고

복사꽃
환한 이 봄날

나 이제
돌아가네.

수염의 변辯 · 1

구조가 자유롭고 꾀죄죄한 이 텃밭에
억센 갈기 세우며 무성한 숲을 이룬

아내가
꼭 산적山賊 같다며
타박하는 내 수염.

자르고 또 잘라도 다시 돋는 들풀처럼
소중한 다른 의미로 더불어 사는 목숨

한 세월
끊을 수 없는
질긴 인연의 끈.

수염의 변辯 · 2

이승의 모진 자락 그리 쉬 놓으시던 밤
무너지는 슬픔 속에 달빛처럼 더욱 빛나

해마다
아픈 가시로 돋는
아버지의 하얀 수염.

도저히 감당할 수 없는 힘겨운 길목마다
텁수룩한 거울 속의 익은 손맛 느끼다 보면

아버지
편한 모습으로
비답批答 하나 건네신다.

수염의 변辯 · 3

분노의 순 잘라내듯
수염 깎던 거울 속에

더욱 또렷해진
아버지를 또 뵙는다.

송구한 생전의 모습 빛바랜 하얀 수염

그날이 언제쯤일까
내 아들 거울 속에

무성한 수염이 닮은
부끄러운 낙인 같은

어쩌면 지우고 싶은 내 모습은 아닐까.

수염의 변辯 · 4

아직 남을 위한 텃밭이지 못했기에

실로 용맹 없는 척박한 얼굴이라도

왕성한 검은 생명들이 자유롭길 원하지만

검버섯 무늬 속에 여린 발 터 잡으면

한때 풀꽃이던 끈질긴 아내의 저항

굴종의 칼날에 잘려나간

가련한

나의 자존.

꿈배, 봄길에 떠나다
- 김몽선 시인 영전에

만촌동 옛집 지나다 불쑥 건 안부 전화
좋은 날 가까이 만나 밥 한번 먹자시던
반가운 목소리 듣고 막힌 숨길 뚫렸는데

막연한 기다림이 어리석은 그리움일 줄
장난 같은 문자 몇 줄 오수를 깨우기까지
*냉이 꽃 그 하얀 이마 쓸쓸함을 몰랐습니다.

허물도 안아주시던 편한 웃음 마주하며
술 한 잔 권할 수 없는 너무도 먼 이 거리
목구멍 찢어지도록 눈물만 삼킵니다.

쓰다만 시 한 구절 언약인 양 남겨두고
가랑비 머뭇거리는 젖은 봄길 따라
연분홍 연꽃 가득한 꿈배 홀로 떠납니다.

* 김몽선 시인 첫 시집

전화번호

빗길에 지우며 떠난
이승의 젖은 인연.

굴리던 염주 같아
차마 지울 수 없고.

자꾸만 누르고 싶은
저린 손끝 뚝 꺾다.

비 오시는 오늘 저녁
파전에 막걸리 한 잔

이맘때 흠뻑 젖은
취한 목소리로

솔향기
솔솔 풍기며
시방 걸려올 전화.

내 인연의 빛깔, 가을을 읽다

김세환

1. 숨 고르기

내 삶의 대부분을 함께 하면서 나를 버티게 한 것은 우리 민족의 얼이 담긴 전통적인 우리 가락, 3장 6구의 시조였다. 시조를 공부하면서 진정한 삶의 모습을 배우고 올바른 의식과 방향도 생겼다. 자연을 만나 순리를 배우고 조금씩 철이 들면서 학교 아이들(한얼)을 만나 함께 시조를 공부하면서 시조 사랑은 더욱 깊어졌다. 이런 내 삶의 바탕인 시조는 대학교 국문과에 입학하던 해(65년) 선배들의 권유로 시문학서클에 가입하면서 시조공부를 처음 시작했다. 고등학교 은사이신 시조시인 초운 이우출 선생님의 영향으로 시조는 결코 낯설지 않게 받아들여졌고 힘든 시조공부는 시작되었다. 나의 시조공부에 가장 큰 도움이 된 것은 그해 가입한 영남시조문학회였다. 시조역사에 큰 업적을 남기신 훌륭한 선생님(이호우, 정완영, 이영도, 이우출)들의 호된 가르침을 받았지만 나의 시조는 좀처럼 무르익지 못했고, 등단 40년이 지나도록 시조발전에 밑돌 하나 놓겠다던 언약은 고사하고 변방의 무명시인으로 지내면서 감동을 주는 작품 한 편 쓰지 못한 것이 너무도 죄송스러워 종아리라도 맞고 싶은 심정이다. 언제나 고독의 긴 날을 즐기면서 아직 남은 열정으로 완성한 몇 편을 정리하여 시조집으로 묶어 발표하는 것은 남은 날 나의 시조공부를 위한 반성과 다짐의 뜻을 담았기 때문이다.

2. 가을은 내 인연의 빛깔

오곡이 풍성하고 온 산이 아름답게 물드는 계절인 가을(음력 9월)에 태어나면서 나의 인생은 거의 대부분 가을과 연관 지어졌다. 특히 내 인생의 전부라고 할 수 있는 '시조'와 50년간 함께 지내오면서 깊은 인연의 빛깔, 형용사 가을로 간직되었다. 첫 대회 입상도, 등단 작품도, 첫 시조집 제목도 모두 가을과 연관이 있다. 살아가는 삶의 습관이나 인생관까지 가을의 본성을 배워간다. 그래서 그동안 발표된 많은 작품이 가을에 나왔고 많은 비중이 가을과 연관된 이미지를 표현했고 이번 여섯 번째 시조집에서도 '가을'이 중심이다. 가을에 만난 삶의 이야기들을 연작시로 엮은 것이

'가을 보법'이다.

> 가진 것 다 내주고도
> 언제나 타는 목마름
>
> 서둘러 떠나가는
> 또 다른 서툰 변명
>
> 힘겨운 연緣의 끝자락에
> 바람이 그린
> 단청丹靑.
> - 〈가을 한 점〉 전문

> 내어준 외길 따라 몸 낮추어 오르는
> 입동 무렵 가을 산은 아직도 무성한 불길
> 수만의 꽃불로 지는 저리도 고운 다비茶毘
> - 2연 생략 -
>
> 또 다른 생명 위해 스스로 불사르며
> 스러지는 잔불 속의 작은 불씨처럼
> - 하략 -
> - 〈가을 다비〉

가을은 유난히 짧다. 스스로를 불살라 마지막 아름다움을 인간에게 내어주고 서둘러 떠나가는 가을은 한 줌 눈물로 남는다. 그러나 그 희생은 얼마나 아름다운가. 이것은 융통

성 없이 살아온 내 삶의 현주소와는 다르다. 어떤 시류에도 타협하지 못하고 어울리지 못해 중심에서 밀려나 있으면서도 고집스럽게 가을 하늘에 바람이 그린 그림처럼 흔들리지 않는 나의 형용사를 그리고 있었다. '가을 다비'에서 '몸 낮추어 오르는 가을 산'은 과욕에 빠져 번뇌에 지친 심신을 몸 낮추며 낮은 자세로 산에 올라 순교하는 가을과 함께 다비하려는 간절함이다. 모든 걸 다 내려놓고 가을 산길을 오르면 나는 가을이 되고 바람이 된다. 가을은 새로운 생명을 위해 스스로 불사르는 것처럼, 하산하는 맑은 마음속에 불씨처럼 시 한 구절을 안았다.

뼈까지 다 발라주고 영혼마저 보시하는
수성도서관 숲길 속 처절한 저 아름다움

해묵은 책장을 넘기면
커피 냄새가 난다.

아직 준비 못한 그리 길지 않은 시간
미열 같은 가을빛에 순종을 배우고 있다.

전생의 하얀 복사뼈 위
초발심을 새기며.

잔혹한 점령군처럼 다그치는 저 포크레인
또 다른 풍경 위해 서둘러 지우고 있다.

피맺힌 절규도 없이
순교하는 이 가을.

- 〈가을을 읽다〉 전문

  하는 일 없이 바쁘기만 했던 지난날에는 그냥 스쳐 지나치던 것들이 백수가 된 후부터는 모든 것이 새롭고, 풀꽃 한 송이에게도 발걸음 멈추고 자세히 들여다보는 삶의 여유(?)가 생겼다. 숲길을 산책하거나 조용한 도서관을 이용하는 시민들이 많았던 효목도서관이 수성도서관으로 개명되면서, 어느 날 조용하던 도서관 숲길은 새로 조경하는 공사가 시작되고부터 이곳의 아름답고 평화로운 형용사 가을은 끝이 났다. 끝까지 제자리에 뿌리를 내리며 버티고 있던 많은 나무들도 하나씩 잔혹한 점령군 같은 포크레인에 아무런 저항 없이 순교하며 무너졌다. 그러한 일들은 힘의 논리에서 아무런 저항 없이 내몰리는 내 삶의 현실과 같다. 소중한 것을 지키고 싶은 간절한 열망은 헛구호가 되고 소신을 지키며 살고 싶어도 밀려나고 마는 무능한 내 처지와 같았다. 그래서 더 큰 아픔으로 느껴졌다. 다음은 이 시에 대한 이정환 시인의 월평(대구문학)이다.

  " 김세환 시인의 〈가을을 읽다〉는 중후하다. 배경이 된 〈수성도서관 숲길〉이 구체성을 확보하면서 큰 울림을 안긴다. '뼈까지 다 발라주고 영혼마저 보시하는/수성도서관 숲길 속 처절한 저 아름다움'을 바라보면서 '해묵은 책장을 넘기'다가 '커피냄새'를 맡는다. 공감이 가는 시적 분위기다. 이어서 나타나는 표현, '아직 준비 못한 그리 길지 않은 시간/미열 같은 가을빛에 순종을 배우고 있다' 라는 대목에는 애잔함이 배어난다. 특히 '길지 않은 시간'이라는 구절이 더욱 그러하다.

셋째 수는 또 어떠한가? 몹시도 치열하다. '잔혹한 점령군처럼 다그치는 저 포크레인/또 다른 풍경 위해 서둘러 지우고 있다/피맺힌 절규도 없이 순교하는 이 가을'이라는 새로운 미적 성취는 가슴을 저미게 하는 아픔으로 직조된 것이다.

〈가을을 읽다〉는 가을의 정경을 육화하면서 한 개인의 생애를 그 이면에 깔고 있다. 그로 말미암아 미학적 완성도를 높인 작품이다.

가을 길 서둘러 온 낯익은 그 이름만으로
목마른 그리움이 흠뻑 풀빛에 젖다.
봄바람 홀씨로 날아간 너
무척 힘겨웠나 보다.

시간을 박음질한 마대麻袋를 뜯어내면
낡은 내 치부책 속의 아직도 젖어있는
키 작은 들꽃들이 보낸
풋풋한 그날의 향기 .

남은 생각 걸러내고 몸 낮춰 맛으로 익은
송구한 찰진 밥상 마주하는 이 아침도
안성리* 윤 씨尹氏 어른 기침 소리

죽비처럼 듣는다.

- 〈햅쌀〉 전문

　이 작품은 삭막해진 나의 가슴에 햅쌀처럼 찰지고 신선한 사랑을 심어준 따뜻한 이야기이다. 이 시의 주인공 윤진옥 시인은 나의 첫 교직생활 첫 학급 학생이었다. 당시 전기도 없는 시골의 작은 학교에서 공부도 잘하고 시골 아이 같지 않은 뽀얀 얼굴에 부끄러움이 많은 여학생이었다. 10월 어느 날 큰 마대에 담긴 쌀이 택배로 왔다. 주문한 적도 없어 무척 당황했는데 발송자 이름을 보고서야 의문이 풀리고 직접 통화를 하고서야 먼 시골에서 노구의 부모님이 피땀 흘려 지으신 귀한 곡식임을 알았다. 마대를 뜯는 순간 수십 년 전 맡았던 고향 같은 싱그러운 냄새가 마치 아직도 내 치부책 속에 남아 있는 들꽃들의 맑은 향기 같았다. 바로 아이들이 내게 가르쳐 준 가을 형용사였다. 너무 소중하여 추석 차례상에도 올리고 찰진 밥상을 마주할 때마다 윤 시인의 부모님께 감사하는 마음을 가졌다. 다행히 윤 시인은 고맙게도 나와 같은 길을 걸으면서 나에게 또 다른 청정한 가을 형용사를 일깨위주고 있다."

3. 나의 시를 철들게 한 가족

　재직 시절 내 시에 관심을 보이는 어느 젊은 교사가 내 시에 대해 '선생님 시는 대부분 너무 슬프고 한이 배어 있다.'라고 조심스런 평을 했다. 다른 면도 많다는 말로 대답을 했지만 단순한 생활을 하다 보니 많은 것을 경험할 수 없는 점도 있었고 여건상 가족 중심의 이야기가 많을 수밖에 없었다. 4대가 한 집에서 생활했고 종갓집이라는 특성 때문에 사소한 일들이 끊임없이 일어나고 해결해야 했다. 그 생활의 중심에는 언제나 순종과 희생을 부덕婦德이라며 온몸으로 받아들인 종부 3대가 있었다. 그런 이야기들이 내 시 속에 들어오면서 조금씩 철이 든 시를 쓰게 되었다.

> 어느 해부터인가 할아버지 제상祭床 아래
> 곱게 닦은 흰 코고무신 넌지시 놓으시던
> 열일곱 은애恩愛한 그날 상사화相思花로 핀 할머니.

> 곁눈 한 번 주지 않던 대쪽 같은 성미라도
> 초례청 굳은 언약 속정 깊이 새기신 분
> 손 시린 동짓달 초하루 초야처럼 설레는 밤.
>
> - 〈하얀 코고무신〉 전문

연한 옥색 두루마기를 입은 열일곱 동갑내기 서당 총각을 동네 우물가에서 한 번 보시고 평생 마음 속 그리움으로 사신 할머니. 선비의 곧은 성품으로 곁도 돌아보지 않으시고 생전 책만 읽으시는 분이 서운하기도 하셨지만 돌아가신 후 해마다 동짓달 초하루 찬물에 머리 감으시고 할아버지 제상 아래 곱게 닦은 흰 코고무신 놓으시며 빨리 만나고 싶다 하시던 간절한 할머니의 모습이며

속속들이 단물 들어 풍경으로 익어가는
그날에도 화색 좋던 어머니 나들잇 길
아버지 무덤 앞에 앉아
끝내 못 푼 망각의 끈.

아직 지워지지 않은 어릴 적 감밭에서
한 알 한 알 따 내리며 피어난 해맑은 웃음
억새풀 속살로 우는
산은 아직 목이 타고
- 하략 -

- 〈어머니의 단감〉

늘 그런 줄만 알았던 어둡고 창백한 얼굴
서툰 손끝으로 한 겹씩 벗겨내면
창 너머 넉넉한 웃음도 익어가는 이 가을.

주름 잡혀도 고운 은발이 찬란하고
엷은 햇살 속에 그리움이 투명한 날
정머리 다 떨어지던 그 잔소리 듣고 싶다.

- 〈창문을 닦으면〉 3, 4연

평생 종부로서의 책무와 희생을 다하시다 노후에 수년간
치매로 고생하셨던 어머니는(시조집 3집 - 어머니의 치매)
자주 잡초를 뽑고 손수 가꾸시던 아버지 산소 앞에서 끝내
알아보지 못하시고 어린아이처럼 단감 따는 재미에만 빠지

셨다. 오랫동안 크고 작은 집안일을 빈틈없이 다 해내신 당당하고 의연한 종부셨지만 단정한 옷매무새도 흐트러지고 자식조차 알아보지 못하시는 안타까운 모습을 '억새풀 속살로 우는' 심정으로 아내는 흐느껴 울었다. 평소 금슬이 좋으셨던 분 앞에서 망각의 시간에 빠져 유년으로 돌아가신 어머니. 당시에는 치매에 대한 인식이 부족했던 때라 제대로 이해하지 못한 시간이 지울 수 없는 불효의 죄로 남았다. 어느 가을날 집 창문을 닦으면서 지난 날 힘들게 창문을 닦으시던 어머니의 창백한 모습을 기억하고 늘 그런 얼굴인 줄로만 여겼던 불효를 아파하며, '서툰 손끝으로 한 겹씩 벗겨내면'서 맑게 닦인 이 가을에 어머니의 정머리 다 떨어지던 그 잔소리라도 마음껏 듣고 싶은 날의 그리움이며

> 감꽃 냄새나던 착한 그대의 계절
> 향기를 잃어버린 목마른 나무로 서서
> 한 방울 진액마저 다 빨린/허리 곧은 저 자존.
>
> 순종의 무릎 꿇고 슬픔으로 꿈틀대다
> 절망의 순간에도 저주를 받아내는
> 가련한 영혼을 위한/그 눈물 아름다워라.
>   - 3연 생략 -
>
>   - 〈허리 곧은 나무〉

> 후미져도 낯익어 편한 좁은 골목마다
> 바람 앞에 콜록대는

낡은 흑백사진 몇 장
아직도 반가운 얼굴 그리움에 펄럭이고

                - 〈방천시장〉 2연

    종부의 운명으로 태어나 종부가 된 아내는 4대의 힘든 생활을 스스로 가슴에 담아 삭혀야 했다. 할머니 병수발에 이어 치매로 맑은 정신을 잃은 어머니에게 잠시도 눈을 뗄 수 없는 절박한 상황에서도 정성껏 보살펴 드렸고, 이따금 정신이 맑을 때 어머니는 아내에게 고맙다는 말씀도 하셨다. 지쳐 쉬고 싶어도 쉬지 못하는 아내는 '향기를 잃어버린 목마른 나무로 서서/한 방울 진액마저 다 빨린/허리 곧은 저 자존'으로 버텨내다 허리 수술하는 어려운 상황에서도 '절망의 순간에도 저주를 받아내는' 그 눈물이 아름다운 사람이었다. 40년 세월의 발걸음을 남긴 방천시장을 지금도 단골가게 드나들며 그날의 힘겨움을 웃으며 옛이야기로 나누고 있다.

허기 한 번 채우지 못한 순종의 별난 천성
가난을 털어내듯 내 구두를 닦던 사람
스스로 갇혀 살아온/그 삶의/ 무지외반증拇指外反症.

언제나 출근길에 공손했던 배웅처럼
즐거운 나들이에 가지런한 웃음으로
 남은 날/나도 그대 위한/편한 신이고 싶다.

              - 〈신을 닦으며〉 2, 3연

열여섯 사랑을 향한/ 맑은 영혼 살고 있는
초록 방 시간 속에/ 그대 다시 만나는 날
 팔 벌려 뒤뜰에 서면/ 그날의 꽃비가 온다.
- 〈꽃비 맞으며〉 1연

인연의 마당 쓸며 내 진정 행복했나니.
먼 길 함께 걸어온 헤진 육신 훌훌 벗고

복사꽃/환한 이 봄날
나 이제/ 돌아가네.
- 〈복사꽃 환한 봄날〉 20연

　종갓집을 지켜낸 대단한 종부인 아내에게 손잡아주며 따뜻한 위로의 말 한마디 하지 못했고, 평생 빚만 지고 살아온 처지로 백수가 된 어느 날 외출할 아내의 신발에 먼지를 털면서 '화창한 꽃비 내리는 봄길/마음껏 걸으시라고.' '허기 한번 채우지 못한 순종의 별난 천성/가난을 털어내듯 내 구두를 닦던 사람'이 한평생 종부의 소임을 다하느라 스스로 갇혀 살아온 무지외반증拇指外反症 같은 힘든 삶이었음을 생각했다. 이제부터는 '남은 날/나도 그대 위한/편한 신이고 싶다.' 늦게 철든 마음으로 아내의 신을 말끔하게 닦았다. 아내의 꿈이었던 어렵게 간 유럽여행에서 독일 괴테를 만난 것은 그나마 작은 위로였다. (꽃비 맞으며) 아내가 그처럼 행복해 하는 모습을 본 적이 없어 너무 미안했다. 그

런 희생적인 삶을 살아온 아내에게만이 아니라, 노후에 요
양병원에서 그리움도 접고 외롭게 지내시다 홀로 돌아가신
장모님께도 아무런 도움이 되지 못하고 (복사꽃 환한 봄날)
그 마음만 헤아려 드릴 뿐이어서 너무 송구스러웠다. 지금
도 집안 대소사에 직접 진두지휘하는 종부의 모습을 지켜
보면서 나의 시도 조금씩 철드는가

> 착한 눈빛으로 서로 은애하였기에
> 넉넉한 웃음으로 가슴 여는 구월의 하늘
>
> 풀어 둔/쪽빛으로 그려
> 띄워 보낸/그림 한 장.
>
> — 〈가을 그림〉 1연

> 세상 봄꽃들이 무척 그리웠나 보다
> 벅찬 그날까진 사랑 더 필요한데
>
> 서둘러/봄밤에 내려온/아름다운 작은 별
>
> — 〈어느 봄날에〉 1연

  지난날의 회한과 그리움으로 지내오던 내 삶에, 삼십여
년 만에 듣는 두 생명의 탄생(손자 손녀) 울음소리는 새로
운 삶의 의미를 가져준 가장 소중한 선물이었다. 가을 그림
같은 예쁜 모습으로 태어나 '가림'이라는 이름을 지었고,
이 세상 봄꽃이 보고 싶어 서둘러 찾아온 둘째가 인큐베이

터 안에서 약한 숨을 할딱이고 있는 어린 생명을 지켜보면서 강한 의욕과 계속되는 신선한 충격들이 내 시의 심박동을 강하게 했다. 무심하게 살아가던 나에게 새로운 존재의 의미를 가져다준 또 하나의 큰 충격적인 일이 일어났다.

> 차 끓일 시간의 거리 어머니 모셔두고
> 차 마실 시간의 거리 텃밭 하나 가꾸면서
> 그리운 사람을 위해
> 꽃보다 먼저 피어난다.
>
> - 〈수북 마을에서〉 1연

외가 상사喪事에서 운명적으로 40여 년 만에 이종동생을 만났다. 첫돌 한 달 전에 엄마를 잃어 모두를 울렸던 그 아이가 40대 늠름한 가장이 된 모습을 보고 이모님을 뵌 것처럼 너무나 반갑고 그동안 어떻게 살았는지 궁금했다. 엄마의 얼굴을 기억 못한다는 아우는 힘든 사춘기를 혼자 이겨냈지만 직장에 다니면서도 엄마에 대한 그리움으로 무척 힘들었을 때 엄마와 같은 따뜻한 아내를 만났다고 했다. 태어난 부산의 바닷가를 다니며 평소 즐겨 그린 '등대'는 엄마에 대한 그리움의 상징이었다. 직장일로 먼 전라도 지방에 터를 내리고 살면서 가까운 곳에 돌아가신 부모님을 모셔두고 텃밭을 가꾸며 열심히 그림도 그려 개인전도 몇 번 열고 있다.

봄빛이 돋아나는 작은 돌문 앞에
새긴 이름 쓸어보면 쑥물처럼 묻어나는
아기방 자장가로 들던
파도소리 들리고

젖은 꿈길마다 뒤척이던 바다로 나가
분노도 다독이는 속 깊은 울음이 된
바람의
그리운 섬 하나
등대에게 안부를 묻다.

- 〈등대에게 안부를 묻다〉 2, 3연

아우의 개인전에 참석하러 가면서 전라도 수북마을 아름다운 곳에 모셔둔 이모님을 뵈었다. 작은 돌문 앞에 새겨진 처음 알게 된 이모님 이름 앞에 40여 년 만에 인사를 드렸다. 정이 많으시던 이모님께 아우를 잘 보살펴주지 못한 용서도 빌었다. 밤마다 찾아와 그리운 아들의 방에 등대 밝히며 파도소리 자장가를 들려주셨을 이모님. 그래서 지금까지 어머니에 대한 그리움으로 건강하게 열심히 사는 것이리라. 이 시를 이강룡 시인은 이렇게 평했다(월간문학)

-시인과의 관계가 각별했던 분이 타계하고 함께 자라던 그 분의 혈육이 그의 어머니를 모셔놓고 날마다 그리워하며 그림으로 나타낸 표상이 '등대'인 것 같다. 갑향리는 지금도 별자리를 관측하는 사람들이 다녀갈 정도로 하늘이 맑은 동네이며, 시인을 지극히 아끼고 사랑했던 분이

살았던 곳이었음에 고향과 다름이 없을 것이다. 갑향리를 다시 찾아간 시인은 '별빛이 돋아나는 작은 돌문 앞에' 서서 이제는 이승을 떠나신 그 분의 이름을 손으로 쓰고 있다. 다시 만날 수 없는 분, 파도소리처럼 밀려와 '쑥물처럼 묻어나는' 그분의 생전의 삶의 모습들을 비롯하여, '아기방 자장가' 소리도 함께 듣고 있다. 시인은 이제 그림 속의 등대를 바라보며 그분의 안부를 묻는 것으로 시를 맺는다. 역사를 초월하여 생사의 갈림길은 애달픈 것이고, 그것이 자신과의 깊은 관계에 놓일수록 슬픔의 감정은 더욱 깊은 것이다. 타계한 그분에 대한 깊은 애정이 갑향리라는 아름다운 공간에 오버랩 되면서 떠나신 분을 그리는 곡진한 정이 생생한 현장감과 함께 잘 표현되어 있다.

4. 그날의 풀꽃은 젖은 시로 다시 돋아나고

지난날 아이들을 바르게 지키기 위한 교사의 본능에서 돋아난 저항의식은 부끄럽지 않게 살아가려는 삶의 의식으로 바뀌었지만, 좀처럼 현실과 타협하지 못하는 성격으로 단체나 모임에서 자꾸만 멀리 밀려나게 되었다. 그러나 그날의 풀꽃은 젖은 나의 시로 돋아났다.

    그냥
    바라만 봐도
    풀꽃 하나 피어난다.

끓는 물
어디쯤에서
아직도 풀어내는

갓 스물
꽃물 흠뻑 밴
그날의
풋풋한 향기.

- 〈찻잔〉 전문

바람이 지나간 후
몸 떨며 지킨 속잎
흔들리며 핀 꽃잎마다 착한 눈빛이 자라
가뭄에 목마르지 않는 그리움으로 서다.

그냥 바라만 봐도/ 하늘이 내리는 날
비 흠뻑 적셔도 보고 눈꽃 핀 나무가 되어
소중한 꽃씨 내리며 그렇게 사는 것을.

- 〈착한 나무〉 전문

　힘겨운 시절, 수업하고 돌아온 내 책상 위에 예쁜 찻잔이 놓여 있었다. 작은 메모를 보고서야 시조를 함께 공부하는 학생임을 알았지만 그 찻잔은 나에게 단순한 찻잔이 아니라 지친 영혼을 풋풋한 풀꽃향기로 잠시나마 쉬게 했다. 오랜 시간이 흘렀지만 지금도 풀꽃향기 나는 그 찻잔으로 차를 마시며 헤진 마음을 가다듬고 있으며, '착한 나무'는 지아비를 먼저 보내고 힘겹게 아이들을 올곧게 키우면서도 봉사하며 열심히 살아가는 착한 제자에게 아무런 도움도 주지 못하고 오히려 그의 강한 정신을 배우면서 박수를 보내기도 한다.

그날의 아이들은 이제 5, 60을 바라보는 중년이 되어 내 이름조차 기억 못해도, 나의 낡은 시간의 갈피 속에 남은 소중한 그리움은 아무리 시간이 많이 흘러도 늙지 않는다. 오히려 아이들이 남긴 풀꽃향기는 남은 내 삶의 자양분이 되어 있다.

> 친구들과 함께 떠난 들뜬 수학여행길
> 첫 장의 여행일지 한 줄도 쓰지 못하고
>
> 어둠 속 차오는 숨결
> 서로 나눈 아이들.
>
> 간절한 기다림에 울음이 붉게 타면
> 밤바다 깊이 잠든 착한 눈물들이
>
> 팽목항 노란 슬픔 흔드는
> 젖은 바람이 된다.
> - 하략 -
>
> - 〈팽목항 노란 바람이여〉

지난해 온 국민의 가슴을 젖게 한 안타까운 세월호 참사. '친구들과 함께 떠난 들뜬 수학여행길' '어둠 속 차오는 숨결/서로 나눈 아이들' 어른들의 무책임한 의식과 불법이 판치는 이 현실에서, 즐겁게 수학여행을 떠난 꽃다운 아이들이 희생당한 안타까운 현실에서 무엇을 기약할 수 있는가. '팽목항 노란 슬픔 흔드는/젖은 바람이 된다.' 어른들의 잘못으로 왜 이 나라의 희망인 아이들이 희생되어야 하는지 화가 났다. 평생을 교직에 몸담아 아이들과 함께 수학여행도 다녀온 사람으로서 마치 공범자가 된 듯 미안하고 안타까움과 슬픔으로 오랜 시간 너무나 가슴이 아파 정상적인 생활을 할 수가 없었다. 이 나라의 어른으로서 용서 받을 수 없음을 많은 국민들이 공감했으리라.

> 폐점 외상장부처럼 실어증 앓고 있는
> 소주 한 잔 중독 속의 비틀대는 이 하루도
> 남루한 영혼을 위해 묵상하는 가로수.
> - 〈회색지대〉 3연

> 우리가 가꾼 텃밭
> 불신을 심었대도
> 들여 보며 글썽이는 기다림은 시들지 않아
> 오늘 밤 이슬 내리면 웃음 환할 민얼굴.
> - 〈꽃의 조롱〉 3연

> 오랜 기다림의 타는 목마름도
> 날 선 모진 칼날 앞에 드리운 순교의 목숨
> 툭 잘린/찬란한 봄날/한 방울 눈물이었네.
> - 〈모란은 다시 피고〉 1연

칼날 휘두르며 돌진하는 그날마다
기꺼이 분노 앞에 하얀 목 드리우나니
바람은 아직 모른다. /왜 맨몸으로 서는지를.
- 〈순교하는 나무〉 3연

　자본주의 사회라는 특수성 때문에 인간성은 상실되어 가
고 큰 뜻으로 시작된 일은 꺾어지고 파산하고 말아 폐점한
가게의 쓸모없는 외상장부처럼 실어증 앓고 있는 어두운
회색지대 속에서도 '남루한 영혼을 위해 묵상하는 가로수'
와 같은 마음으로 이웃을 사랑하며 함께 살아야 하고, '우
리가 가꾼 텃밭/불신을 심었대도' 약한 자도 꿈을 가질 수
있고 행복을 추구하며 살 수 있어야 한다. 그러나 세상은
힘 있는 자만이 제 마음대로 자기중심적이고 불합리한 것
이라 할지라도 '들어 보며 글썽이는 기다림은 시들지 않아'
아무 저항할 힘이 없어 마음만 간절할 뿐이지만 결코 포기
할 수가 없다. '날 선 모진 칼날 앞에 드리운 순교의 목숨'
이 될 뿐이었다. 비록 내 뜻이 순수하고 바르다 할지라도
추종하는 다수에, 집단에, '툭 잘린/찬란한 봄날/한 방울 눈
물이었네' 피지 못하고 잘려버린 모란일 뿐이었지만 '기꺼
이 분노 앞에 하얀 목 드리우나니' 당당한 나의 뜻을 펼칠
뿐이다.

어차피 피할 수 없는 좁은 길이라도
그리움 뼈를 깎으며

그래도 웃으며 가자
민들레/깃발로 돋는 날
나눠 마실/눈물 한잔.

- 〈노란 슬픔〉 일부

어둡고 잊혀가는/낮은 곳 어디서나
피맺힌 외침 속에/목마름 함께 나눈
소중한 한 알의 밀알로도/능히 빚는/참사랑.

- 〈베드로 마리아 수사〉 일부

영근 대추 알알이 단물 드는 처서 무렵
쓴맛도 바람 끝에 꾸덕꾸덕 굳어지면
마지막 하늘에 올릴 부끄러운 건포 한 닢.

- 〈처서 무렵〉 일부

　사회가 어수선하고 끔직한 사건들이 연일 일어나고 국민이 어떤 희망도 기약할 수 없는 정치의 현실에서 귀 막고 눈 감고 살 수는 없다. 수없이 되풀이된 실망의 역사라도 기약할 수 없지만 언젠가 돌아올 밝은 내일을 위해 '민들레/깃발로 돋는 날 나눠 마실/눈물 한 잔'을 준비하며 웃으며 열심히 살아야 하고, 수도자가 된 내 아우 '베드로 마리아 수사' 처럼 언제 어디에서나 자신을 희생하며 낮은 곳, 목마른 사람들을 위해 '소중한/한 알의 밀알로도' 사랑을 나누는 것이며, '마지막 하늘에 올릴 부끄러운 건포 한 닢'을 준비하는 마음만이 즐겁게 살 수 있다. 이 세상은 어둠보다는 밝음이 많고 아픔보다는 즐거움이 더 많고, 작은 부류의 부정적 힘에 빌붙는 사람보다 작은 부류의 아픔을 안아주는 사람들이 더 많은, 살만한 곳이다. 이 땅은 우리가 더 알차게 만들어 우리 자식들에게 물려주어야 하는 소중한 곳이다. 우리의 아이들이 마음껏 꿈을 펼치며 살아갈 수 있도록 아름다운 꽃도 심고 희망도 가꾸어야 한다. 이 뜻은 교단에서 서로 눈을 맞추며 다짐한 약속이며 모든 부모들의 꿈이기도 하다.

5. 돌아보며

돌아볼 나이에 뜻있는 여섯 번째 시조집을 내고 싶은 욕심은 있었지만 부족한 글이며 출판의 벅찬 현실 때문에 수없이 망설이든 중 자식들의 효심 어린 재촉을 거절할 수 없어 무리한 출판을 결심하게 되었다. 다른 시조집처럼 해설을 부탁할 평론가, 시인을 떠올려보다가 초라한 내 모습이 부끄러워 어리석은 생각을 접었다. 과거 발표한 첫 번째 시조집《가을은 가을이게 하라》(김몽선 시인 해설)와 두 번째 시조집 《산이 내려와서》(문무학 시인 해설)에는 해설을 실었다. 부족한 작품에 비해 훌륭한 해설이 시조집을 한층 돋보이게 했다. 그 이후 발표된 시조집부터는 해설을 싣지 못했다. 처음엔 섭섭하고 실망도 했지만 문학잡지에 서평 한 번 제대로 받은 적이 없는 내 위치를 인식하고는 거절하는 그 심정이 이해가 되었다. 자칫 어리석음을 또 범할 순간에 그것은 나에게 사치며 과욕이라는 깨달음을 준 것은 지금 도 가르침으로 자주 읽는 두 시인의 해설이었다.

어쩌면 지난 날 지우지 못한 작은 감동 때문이리라. 그것 은 근무하던 학교의 조그만 교실에서 본교 한얼 시조동인 들이 마련한 조촐한 첫 시조집 출판기념회였다. 학급 아이 들과, 가까운 교사 몇 분과 시인 몇 분을 초대하여 열린 작 지만 감동적인 행사였다. 창밖 은행나무 노란 잎이 휘날리 던 그날의 소박하고 아름다운 감동은 늘 가슴에 남아 문득 문득 내 작품 속에 들어왔다. 그 순수한 감동은 부조리한 교육현실에서 아이들을 지킬 수 있는 용기로, 교정을 떠난 후 젖은 자화상으로, 무능하지만 흔들리지 않으려는 내 삶 의 빛깔로 그려졌기 때문이다. 비록 이번 글이 논리적이지 못하고 이론이 없는 무지의 글이었지만 이런 것이 나의 시 에 대한 부끄럽지 않은 진정한 모습이 아니겠는가.